COLLECTION

DE FEU

M. le Baron PASQUIER Père

Me EUGÈNE ESCRIBE
Cr-Priseur

M. F. LANEUVILLE
Expert

BÉNARD ET MARTIN
Imp. de la Comp. des Chemins de Fer...
rue de ..., ...

CATALOGUE

D'UNE

JOLIE COLLECTION

DE

TABLEAUX

DES

ÉCOLES ITALIENNE, FLAMANDE ET FRANÇAISE

AYANT FORMÉ LE

Cabinet de feu M. le Baron PASQUIER Père

Ancien Chirurgien en chef des Invalides, Médecin du Roi de Hollande, de la Reine
Hortense, du Grand-Duc de Berg et du Roi Louis-Philippe,

DONT LA VENTE AUX ENCHÈRES PUBLIQUES AURA LIEU

HOTEL DES VENTES MOBILIÈRES

RUE DROUOT, 5

SALLE N° 3,

Le Samedi 17 Décembre 1859, à 1 heure 1/2.

Par le ministère de M° **EUGÈNE ESCRIBE**, Commissaire-Priseur,
Successeur de M. RIDEL, rue Saint-Honoré, 217,
Assisté de M. **FERDINAND LANEUVILLE**, Expert,
rue Neuve-des-Mathurins, 73,
CHEZ LESQUELS SE DISTRIBUE CE CATALOGUE.

EXPOSITION PARTICULIÈRE

Le Jeudi 15 Décembre 1859, de midi à cinq heures.

EXPOSITION PUBLIQUE

Le Vendredi 16 Décembre 1859, de midi à cinq heures.

1859

```
CONDITIONS DE LA VENTE
```

Elle sera faite au comptant.

Les Acquéreurs paieront, en sus des adjudications, cinq pour cent applicables aux frais.

```
LE CATALOGUE SE DISTRIBUE :
```

A PARIS......... Chez MM. Eugène Escribe, Comm^re-Priseur.
F. Laneuville, Expert.
A LILLE......... Tence père.
A ROUEN........ Billard.
A BRUXELLES... Étienne Leroy.
A ANVERS....... Tessaro.
A LONDRES...... Colnaghi.

TABLEAUX

BERGHEM (NICOLAS).

1 — Paysage et Animaux.

Près d'une ruine et d'une fontaine, des chevriers jouent aux cartes.

Toile.—H. 65 c. L. 80 c.

DU MÊME (signé).

2 — Le Retour à l'étable; effet du soir.

Toile.—H. 2 m. 35 c. L. 1 m. 25 c.

BRAKENBURG (R.), signé.

3 — Jeux hollandais.

Toile.—H. 52 c. L. 63

BERCKHEYDEN.

4 — Vue d'Amsterdam.

Toile.—H. 71 c. L. 56

BOURDON (SÉBASTIEN).

5 — Martyre d'un saint.

Toile.—H. 47 c. L. 37 c.

BRAUWER.

6 — Le Marchand d'orviétan.

Bois.—H. 25 c. L. 18 c.

BREENBERG (B.).

7 — Vue d'une ruine romaine.

Bois.—H. 46 c. L. 70 c.

BREUGHEL (P.).

8 — Dans un paysage accidenté, des seigneurs suivent une chasse au faucon.

Bois.—H. 54 c. L. 43 c.

CALLOT.

9 — Attaque de côtes en Hollande.

Ce tableau est doublement intéressant : il est curieux comme renseignement sur la disposition donnée aux différentes armes à cette époque.

Bois.—H. 52 c. L. 84 c.

CANALETTO.

10 — Vue de Naples.

Toile.—H. 26 c. L. 70 c.

CHARDIN.

11 — Nature morte et ustensiles de cuisine.

Toile.—H. 77 c. L. 128 c.

COYPEL (N.).

12 — Jeunesse de Bacchus.

Cuivre.—H. 62 c. L. 82 c.

CRANACH (L.), signé.

13 — Prédication de saint Jean.

Bois.—H. 20 c. L. 40 c.

CRAYER (G.).

14 — L'Adoration des Mages.

Ce tableau a fait partie de la Collection du prince de Conti, à l'Ile-Adam.

Bois.—H. 51 c. L. 70 c.

CUYP (A.), signé.

15 — Halte d'un cavalier.

Bois.—H. 32 c. L. 39 c.

DAVID.

16 — La Gloire couronnant les Arts.

Ce tableau a été rentoilé par Desforges; sur la première toile, derrière le tableau, était mentionné à côté de la signature du maître que le tableau fut peint à Rome en 1797.

Toile.—H. 32 c. L. 51 c.

DESPORTES.

17 — Lièvres et canards près d'un panier de pêches.

Toile.—H. 88 c. L. 160 c.

DIEPEMBECK.

18 — Le Jugement dernier.

Bois.—H. 65 c. L. 45 c.

DOMINIQUIN.

19 — Saint Martin partageant son manteau.

Toile.—H. 57 c. L. 42 c.

DUJARDIN (K.).

20 — Halte de cavaliers, des chiens se disputent un lièvre.

Toile.—H. 48 c. L. 62 c.

DU MÊME (signé).

21 — Près d'une tour, des voyageurs traversent un gué.

Bois.—H. 35 c. L. 28 c.

DYCK (Van).

22 — Portrait de Martin Pepin, peintre de fleurs.

Van Dyck a pu reproduire le portrait de ce maître qui lui prêtait souvent le concours de son pinceau, pour orner de fleurs ses belles compositions.

Toile.—H. 80 c. L. 59 c.

DYCK (Van) et MARTIN PEPIN.

23 — Un Enfant, sujet allégorique.

Ce même enfant se retrouve dans une des compositions du maître, au Musée d'Anvers. Tableau rapporté de Hollande en 1807.

Toile.—H. 117 c. L. 85 c.

F. A. W., daté 1628.

24 — Des pèlerins viennent de débarquer, ils gra-
vissent une berge et se dirigent vers une
chapelle.

Bois.—H. 30 c. L. 62 c.

FRANCK (signé).

25 — Saint Pierre, chez les brigands, renie le
Christ.

Cuivre.—H. 25. c. L. 69.

DU MÊME.

26 — Le Christ au jardin des Oliviers.

Cuivre.—H. 55 c. L. 69.

GELÉE (Claude), dit LE LORRAIN.

27 — Entrée d'un port ; effet de soleil levant.

Toile.—H. 47 c. L. 66 c.

GÉRARD (della notta).

28 — Saint Pierre chez les brigands.

Marbre.—H. 16 c. L. 28 c.

GÉRICAULT.

29 — Mort de Caton.

Toile.—H. 61 c. L. 44 c.

GILLEMANS (N.), signé.

30 — Coupe remplie de fruits, posée sur une table
de marbre; un nègre est derrière et dépose
des vases sur une corniche.

Toile.—H. 79 c. L., 63 c.

DU MÊME (signé).

31 — Nature morte.

Toile.—H. 40 c. L. 57 c.

GOYEN (Van), signé.

32 — Paysage avec chaumière.

Bois.—H. 22 c. L. 33 c.

DU MÊME.

33 — Paysage maritime.

Bois.—H. 48 c. L. 61 c.

GREUZE.

34 — Tête de jeune fille.

Une expression de douleur, qu'on retrouve dans plusieurs
œuvres de ce maître, attriste sa physionomie.

Toile.—H. 40 c. L. 31 c.

HERRERA.

35 — Portrait de Galilée.

Ce tableau a été acheté à Grenade.

Toile.—H. 84 c. L. 104 c.

HEYDEN (Van der), signé, daté 1676.

36 — Ruines d'un palais, un pâtre indique sa route
à un voyageur, effet de soleil couchant.

Toile.—H. 61 c. L. 85 c.

HOGARTH.

37 — La Chanson.

Ce tableau a été probablement enlevé d'un meuble.

Bois.—H. 40 c. L. 49 c.

HOREMANS (signé).

38 — Intérieur flamand.

Toile.—H. 46 c. L. 55 c.

DU MÊME (signé).

39 — Même sujet.

Pendant du précédent.

HUGTEMBURGH (signé).

40 — Choc de cavalerie.

Panneau.—H. 35 c. L. 49 c.

KABEL (Van der), signé.

41 — Vue d'un port.

Toile.—H. 57 c. L. 72 c.

DU MÊME.

42 — Paysage, rochers.

Toile.—H. 40 c. L. 51 c.

LAIRESSE (G. de).

43 — L'Atelier du sculpteur.

DU MÊME.

44 — L'Atelier du peintre.

Toile.—H. 85 c. L. 69 c.

LAGRENÉE.

45 — Une jeune fille lit une lettre.

Toile.—H. 69 c. L. 57 c.

LANCRET.

46 — Des Moissonneurs trouvant un nid de perdrix.
Ce tableau est gravé.

Toile.—H. 49 c. L. 60 c.

MABUSE.

47 — Vierge et Enfant Jésus.

Cuir.—H. 36 c. L. 24 c.

MEULEN (Van der).

48 — Louis XIV devant Maëstreicht; son carrosse, attelé de six chevaux, est entouré de seigneurs, de cavaliers et de laquais.

Le Docteur Pasquier tenait ce tableau du général Thomas Martial.

Toile.—H. 85 c. L. 113 c.

MIGNARD (Pierre).

49 — Louis XIV.

Toile.—H. 90 c. L. 70 c.

DU MÊME.

50 — Madame de Montespan entourée d'amours.
Belle composition.

Ces deux portraits sont encadrés par les anciennes boiseries qui les fixaient aux murs.

Toile.—H. 40 c. L. 56 c.

MOMERS.

51 — Une bergère donnant à manger à un enfant, un troupeau de chèvres et de moutons les entoure.

Bois.—H. 55 c. L. 77 c.

MURILLO (E).

52 — Saint Jérôme en prière étreint la croix.

Le Docteur Pasquier tenait ce tableau du général Moreau, qui l'avait reçu du maréchal Soult.

Toile.— H. 130 c. L. 95 c.

BOUCHER.

53 — Triomphe d'Amphitrite.

DU MÊME.

54 — Bacchus et des nymphes.

Ces tableaux sont de la jeunesse du maître et furent faits dans l'atelier de Natoire, le maître de Boucher.

Toile.—H. 70 c. L. 88 c.

NEEFS (Peters), signé.

55 — Intérieur d'une église protestante.

Bois.—H. 44 c. L. 63 c.

OSTADE (Isaac).

56 — Une Cuisinière épluche des légumes ; un enfant près d'elle la regarde.

Bois.—H. 17 c. L. 20 c

OUDRY, signé, daté 1735.

57 — Coq au milieu d'un paysage.

Toile.—H. 59 c. L. 78 c.

DU MÊME.

58 — Un Faisan pendu par la patte.

Toile.—H.   c. L.   c.

OUWATIER (signé).

59 — Paysage avec figures et animaux.

DU MÊME (signé).

60 — Même sujet.

Pendant du précédent.

PATEL.

61 — Riche palais, scène mythologique.

Toile.—H. 61 c. L. 86 c.

PRIMATICE et PAUL BRILL.

62 — Diane surprise par Actéon.

Toile.—H. 135 c. L. 195 c.

DU MÊME.

63 — Première pensée du précédent tableau.

Bois.—H. 26 c. L. 43 c.

PYNACKER (signé).

64 — Paysage boisé.

Sur une route longeant un étang, un homme chasse devant lui un troupeau de vaches et de moutons.

Bois.—H. 35 c. L. 47 c.

RUYSDAEL (S.), signé.

65 — Paysage maritime ; des voyageurs débarquent devant un village.

Bois.—H. 35 c. L. 48 c.

RYSBRACK (G.), signé.

66 — Chasse au faucon. Gibier posé à terre.

Toile.—H. 36 c. L. 48 c.

SEGHERS, dit le Jésuite d'Anvers.

67 — Guirlande de fleurs.

Toile.—H. 60 c. L. 68 c.

SNEYDERS.

68 — Deux chiens se disputant un os.

Le Docteur Pasquier rapporta ce tableau de Hollande en 1810.

Toile.—H. 85 c. L. 111 c.

SPAENDONCK (Van).

69 — Vase de fleurs.

Toile.—H. 50 c. L. 36 c.

STEEN (J.), signé.

70 — Une jeune femme, un verre à la main, cause avec un cavalier.

Bois.—H. 34 c. L. 29 c.

TERBURG.

71 — Portrait du peintre.

Tableau non terminé.

Toile.—H. 46 c. L. 33 c.

THULDEN (Van).

72 — Fleurs dans un vase.

Bois.—H. 49 c. L. 64 c.

VELASQUEZ.

73 — Paysage; attaque de brigands.

Toile.—H. 48 c. L. 62 c.

DU MÊME.

74 — Tête d'enfant.

H. 28 c. L. 20 c.

VERONÈSE (Paul).

75 — La Vierge au scapulaire.

Première pensée d'une composition plus importante, exécutée
en mémoire de la consécration d'une communauté religieuse.

WYNANTS.

76 — Vue d'une source du Rhin.

DU MÊME.

77 — Même sujet; pendant du précédent.

Figures d'Adrien Van den Velde.

Cuivre.—H. 23 c. L. 33 c.

ZORG.

**78 — Un Canard, des ustensiles de ménage; plus
loin, un fumeur près du feu.**

Rapporté de Hollande.

Bois.—H. 30 c. L. 39 c.

ÉCOLE ALLEMANDE.

79 — Martyre d'une sainte.

Bois.—H. 119 c. L. 77 c.

ÉCOLE DE FONTAINEBLEAU.

80 — Le Combat des Trente.

Bois.—H. 67 c. L. 103 c.

RENOU et MAULDE, imprimeurs de la Compagnie des Commissaires-Priseurs,
rue de Rivoli, 144.   6221